© 2012, l'école des loisirs, Paris
© 2017, Babalibri srl, Milano
Titolo originale *Mon ballon*
Traduzione di Tanguy Babled
Tutti i diritti riservati
Impaginazione grafica *Architexte*, Bruxelles
Fotolito *Media Process*, Bruxelles
Finito di stampare nel mese di aprile 2017
presso INGRAF – Industria Grafica, Milano
ISBN 978-88-8362-395-0

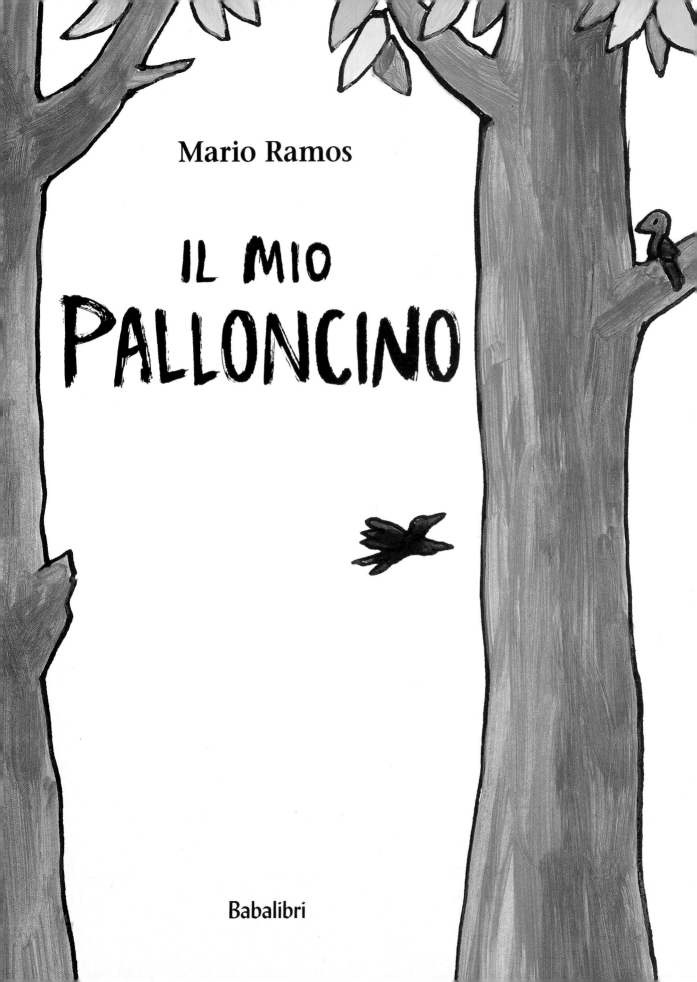

Mario Ramos

IL MIO
PALLONCINO

Babalibri

Cappuccetto Rosso è molto fiera
del suo nuovo palloncino rosso.
«Perché non vai a mostrarlo alla nonna?»
le dice la mamma. «Sarà contenta di vederti,
e salutala da parte mia.»

La bambina si addentra nel bosco
e comincia a canticchiare allegramente:

«*Passeggio nel bosco…*

Ehi!
Chi sta arrivando di corsa?
Una volpe?
Un autobus?
Una locomotiva?».

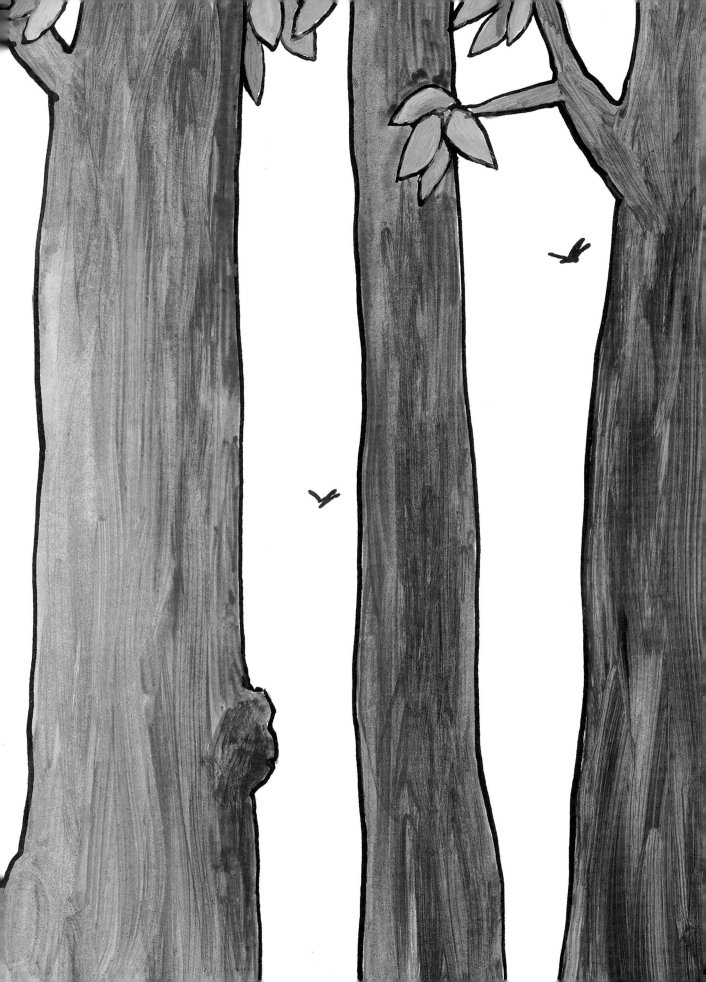

«Un, due, un, due, un, due...
Attenta ragazzina,
lascia passare il campione»
dice il leone.

«D'accordo, allora io continuo:

Passeggio nel bosco
mentre il lupo non c'è...

Oh!
Chi va là?
Un cinghiale?
Un armadio?
Un triceratopo?»

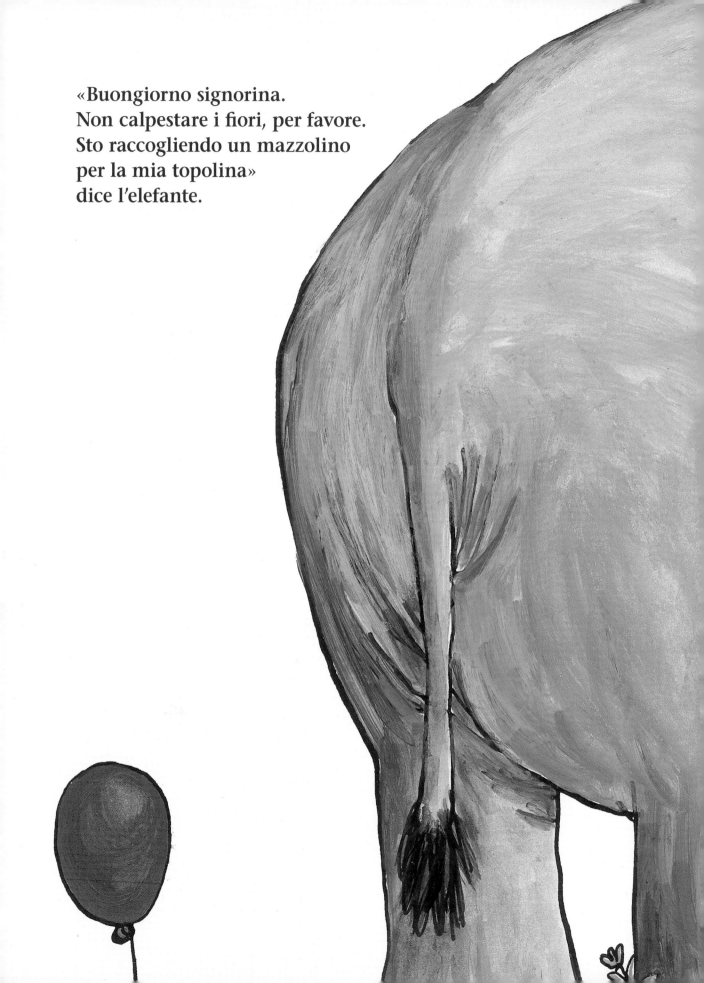

«Buongiorno signorina.
Non calpestare i fiori, per favore.
Sto raccogliendo un mazzolino
per la mia topolina»
dice l'elefante.

«D'accordo, allora io continuo:

*Passeggio nel bosco
mentre il lupo non c'è,
perché io lo conosco...*

Ma...?
E quella che cos'è?
Una farfalla?
Una cattedrale?
La torre Eiffel?»

«No, no, per favore,
nessuna fotografia!»
dice la giraffa.
«Sono in incognito,
vado via.»

«D'accordo, allora io continuo:

*Passeggio nel bosco
mentre il lupo non c'è,
perché io lo conosco
e mi mangerebbe
senza un perché...*

Ancora?
Che cosa c'è qui?
Un cavallo?
Un pianoforte a coda?
Un'astronave?»

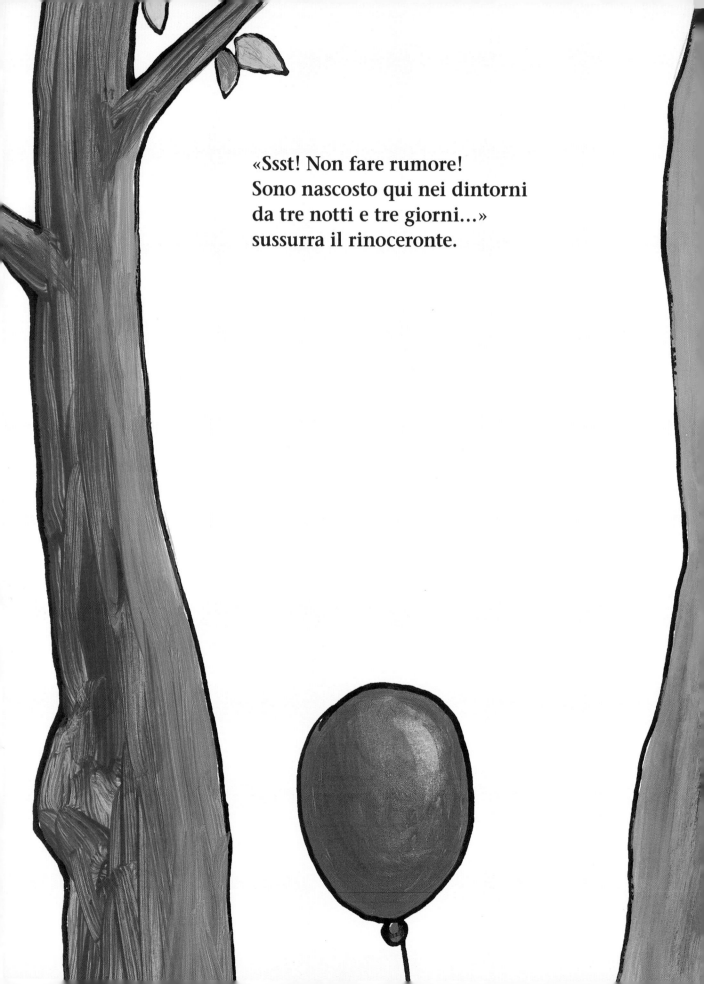

«Ssst! Non fare rumore!
Sono nascosto qui nei dintorni
da tre notti e tre giorni...»
sussurra il rinoceronte.

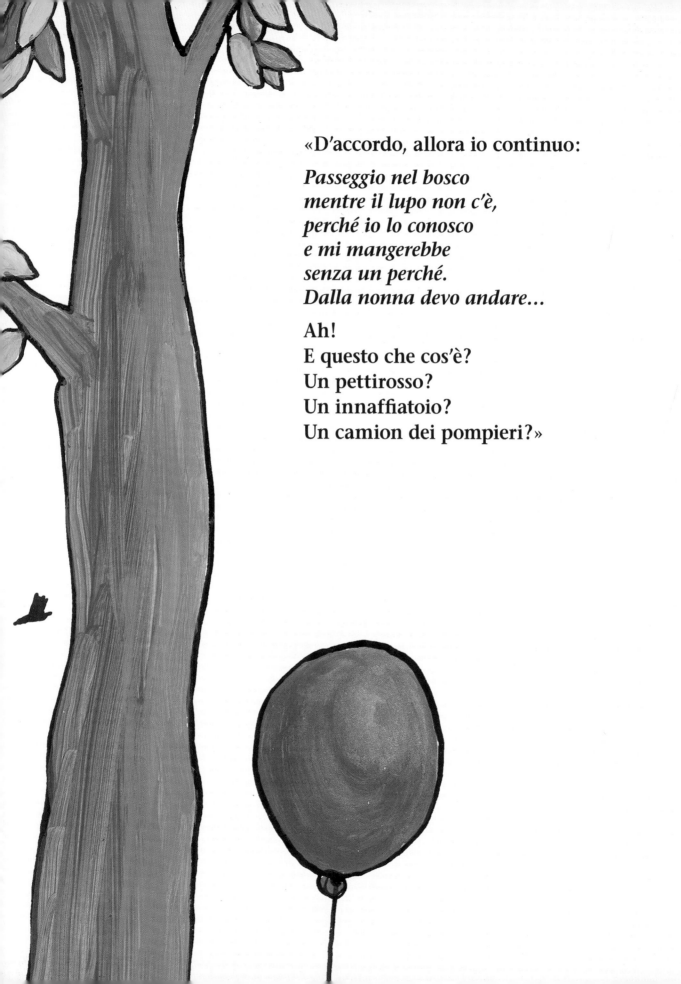

«D'accordo, allora io continuo:

Passeggio nel bosco
mentre il lupo non c'è,
perché io lo conosco
e mi mangerebbe
senza un perché.
Dalla nonna devo andare...

Ah!
E questo che cos'è?
Un pettirosso?
Un innaffiatoio?
Un camion dei pompieri?»

«Ehi, tu!
Ragazzina rumorosa!
Circolare! Su, su!
Fai scappare i gamberetti»
schiamazzano i fenicotteri rosa.

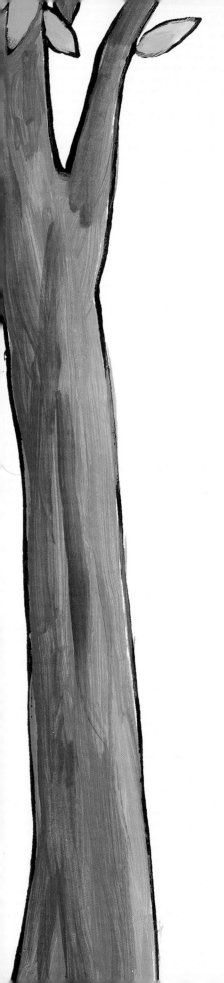

«D'accordo, allora io continuo:

*Passeggio nel bosco
mentre il lupo non c'è,
perché io lo conosco
e mi mangerebbe
senza un perché.
Dalla nonna devo andare
e non voglio farmi mangiare!*

Aiuto!
Una boccaccia piena di denti!
È lui!
È il luuu…
È il fuuup…
Accidenti…
È il blande pupo gattivo,
il grande rupo caffivo!
AAAHHH!»

«Ciao piccolina!
Non ti volevo spaventare,
mi devi scusare,
sto solo andando al mare»
dice il coccodrillo alla bambina,
porgendole il palloncino.

«D'accordo, allora io continuo:

Passeggio nel bosco
mentre il lupo non c'è,
perché io lo conosco
e mi mangerebbe senza un perché.
Dalla nonna devo andare
e non voglio farmi mangiare!
Lupo, lupo dove sei?»

«Eccomi! Sono qui!»
dice il lupo, guardandola a distanza.

«Nessun cacciatore in lontananza!
Solo io e te... Finalmente ti mangerò
bella bambina» aggiunge il lupo
già con l'acquolina in bocca.

E con queste parole,
il lupo si getta su Cappuccetto Rosso.

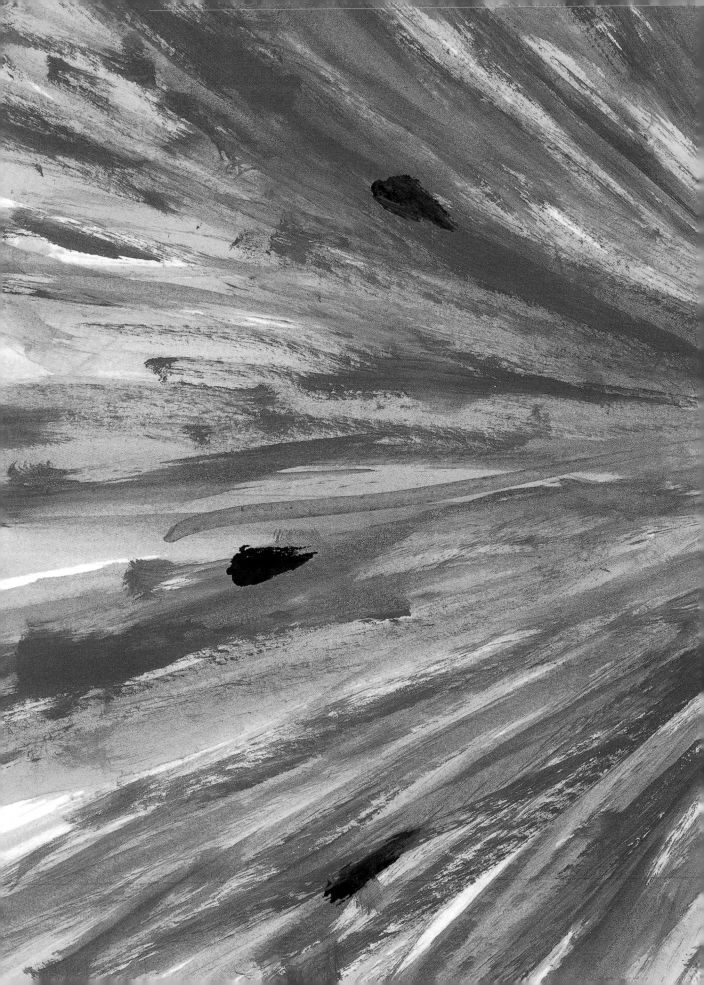

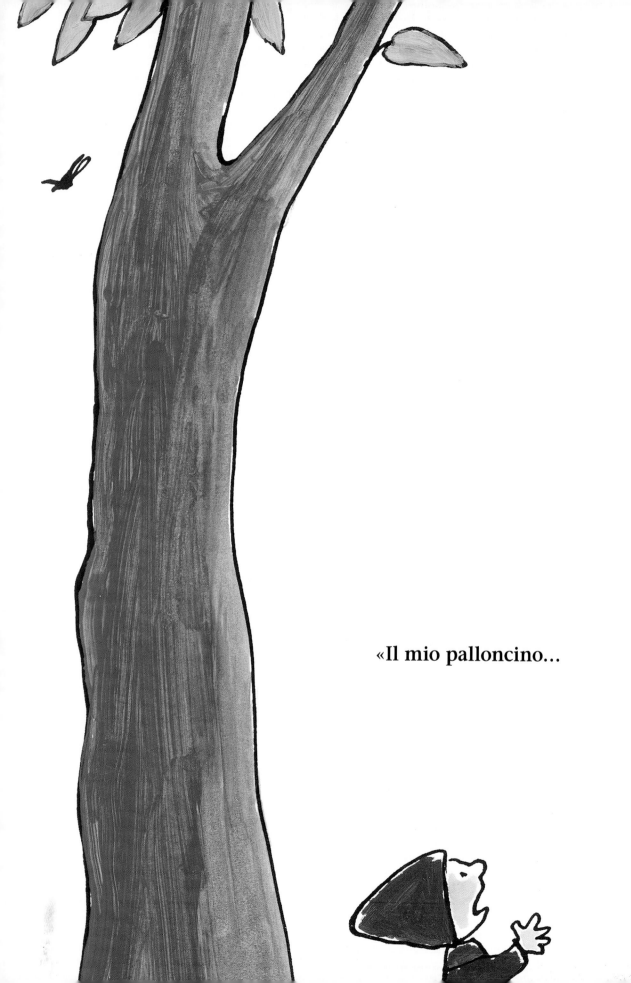

«Il mio palloncino...

RIVOGLIO IL MIO

PALLONCINO